Nota a los padres

Bienvenidos a LECTURAS PARA NIÑOS DE VERDAD, una colección de libros diseñados para los niños que comienzan a leer. En el salón de clases, los educadores usan libros cuyo vocabulario y estructura gramatical estimulan el interés y la capacidad de los pequeños lectores. En casa, usted puede utilizar LECTURAS PARA NIÑOS DE VERDAD para desarrollar destrezas y hábitos de lectura en sus hijos con materiales que siguen los mismos principios educativos que los utilizados en las escuelas.

Por supuesto, la mejor forma de fomentar la lectura en los niños es asegurarnos de que sea una actividad placentera. LECTURAS PARA NIÑOS DE VERDAD se encarga de eso. Sus personajes e historias son atractivos e interesantes, y capturan de inmediato la imaginación infantil. El diseño editorial sencillo y las encantadoras fotografías le ofrecen al pequeño lector las pistas que necesita para descifrar el texto. Esta combinación resulta divertida y estimulante para los pequeños, que se verán realmente motivados a la lectura.

La colección LECTURAS PARA NIÑOS DE VERDAD está diseñada en tres niveles distintos que le permiten seguir el desarrollo del niño a su propio paso:

- NIVEL 1 está dirigido a niños y niñas que están comenzando a leer.
- NIVEL 2 está dirigido a niños y niñas que pueden leer con ayuda.
- NIVEL 3 está dirigido a niños y niñas que pueden leer solos.

Los distintos niveles están diseñados en función de un vocabulario controlado. La repetición, rima y sentido del humor ayudan a los niños a desarrollar destrezas de lectura. Debido a que son capaces de comprender las palabras y seguir la historia, los lectores desarrollan seguridad en sí mismos rápidamente. Los niños disfrutan de leer estos libros una y otra vez, incrementando así su dominio y su sensación de logro hasta que están listos para pasar al siguiente nivel. El resultado es una experiencia rica y valiosa que les ayudará a desarrollar un amor a la lectura para toda la vida.

Para la familia Gardner: Martha, Bill, Matthew, y especialmente para Sarah, que ama a los animales —M.L.

Un agradecimiento especial a FAO Schwarz y Julianna Carlson, que proporcionaron los juguetes de peluche.

Producido por DWAI/Seventeenth Street Productions, Inc.

Traducción al español: copyright © 2006 por ediciones Lerner
Título original: *The Pet Vet*
Copyright © 1999 by Millbrook Press

La edición en español fue realizada por un equipo de traductores nativos de español de translations.com, empresa mundial dedicada a la traducción.

ediciones Lerner
Una división de Lerner Publishing Group
241 First Avenue North
Minneapolis, MN 55401 EUA

Dirección de Internet: www.lernerbooks.com

Library of Congress Cataloging-in-Publication Data

Leonard, Marcia.
   [Pet vet. Spanish]
   El veterinario / por Marcia Leonard ; fotografías por Dorothy Handelman.
     p. cm. — (Lecturas para niños de verdad)
   Summary: A child pretends to be a veterinarian who heals sick pets.
   ISBN-13: 978–0–8225–3298–9 (pbk. : alk. paper)
   ISBN-10: 0–8225–3298–0 (pbk. : alk. paper)
   [1. Veterinarians—Fiction. 2. Spanish language materials.] I. Handelman, Dorothy, ill.
  II. Title. III. Real kids readers. Spanish.
PZ74.3.L3865 2006
[E]—dc22
                                               2005011186

Fabricado en los Estados Unidos de América
1 2 3 4 5 6 — DP — 11 10 09 08 07 06

El veterinario

Marcia Leonard
Fotografías por Dorothy Handelman

ediciones Lerner • Minneapolis

Yo soy el veterinario, doctor de los animales.

Si tu mascota se enferma yo la curo de sus males.

DR. BRET

GET WELL!

OFFICE HOURS
Monday-Saturday
10:00 a.m. - 6:00 p.m.
(Emergency - open 24 hrs.)

7

¿Qué tiene este gatito?
Dolor de panza y calor.

9

Con un piquete se cura
de la fiebre y el dolor.

OFFICE HOURS
Monday - Saturday
10:00 a.m. - 6:00 p.m.
(Emergency - open 24 hrs.)

DR. BRET

¿Qué tiene este cerdito?
¿Se golpeó en la barbilla?

13

Para quitarle el dolor
Le daré una pastilla.

Tengo pacientes muy grandes,
como este perro con gripa.

Tengo pacientes pequeños,
como esta rana bonita.

Puedo curar una alita,
o una patita rota.

Si la paloma no canta
yo le reviso la boca.

Me encanta jugar al doctor
y curar a mis juguetes.

Tú también puedes jugar,
verás cómo te diviertes.

Cuando crezca y sea grande quiero ser veterinario.

Y ser igual que mi papá,
un doctor extraordinario.

Leer junto con su niño o niña

1. Procure leer junto con su niño o niña por lo menos veinte minutos todos los días, como parte de su rutina diaria.
2. Mantenga los libros para niños en un lugar cómodo y accesible.
3. Pídale a su niña o niño que lea *El veterinario* en voz alta. Si tiene dificultades con alguna palabra:
   - permítale que pronuncie lentamente. (Diga: "Tómate tu tiempo".)
   - busquen pistas en la ilustración. (Diga: "¿Qué muestra la ilustración?".)
   - pídale que busque pistas en el contexto. (Diga: "¿Qué crees que debe decir?".)
4. Si su niña o niño aún no puede descifrar la palabra, ayúdelo con la palabra. No espere a que se llene de frustración.
5. Elogie a su pequeño lector: con su entusiasmo y apoyo, irá de triunfo en triunfo.